Thésée
contre
le Minotaure

Ce livre est imprimé sur du papier
issu de forêts gérées durablement.

Loi n° 49-956 du 16 juillet 1949 sur les publications destinées à la jeunesse,
modifiée par la loi n° 2011-525 du 17 mai 2011.
ISBN 978-2-09-258898-7
N° éditeur: 10296428 — Dépôt légal: septembre 2019
Achevé d'imprimer en novembre 2023 par La Nouvelle Imprimerie Laballery
(58500 Clamecy, Nièvre, France)
N° d'impression : 310121

PETITES HISTOIRES DE LA MYTHOLOGIE

Thésée contre le Minotaure

Hélène Montardre

Nathan

CHAPITRE 1

UNE PUNITION TERRIBLE

– Ils arrivent! Ils arrivent! Les Crétois arri...

Le guetteur n'a pas le temps de terminer son avertissement.

Déjà, on appelle les enfants, on les enferme, on les cache. Les portes des maisons claquent. Plus rien ne bouge. Tout autour, les montagnes se taisent et le vent lui-même devient discret dans le feuillage des oliviers qui poussent dans la plaine.

Quand les envoyés de Minos, le roi de Crète,

pénètrent dans Athènes, la ville est déserte, comme si tous ses habitants avaient fui.

Les envoyés de Minos savent bien qu'il n'en est rien. Ils savent que des centaines de regards suivent leur progression dans les rues de la cité; ils savent que des centaines de paires d'oreilles écoutent le bruit de leurs pas sur le sol; ils savent surtout qu'ils ne sont pas les bienvenus.

Ils poursuivent pourtant leur progression et grimpent vers les hauteurs de la ville jusqu'au palais d'Égée, le roi d'Athènes.

Égée voudrait bien fermer sa porte, lui aussi. Mais il ne peut pas, car il est le roi. Or un roi doit tenir les engagements pris par son peuple. Et l'engagement pris par Athènes voilà bien des années est terrible.

Lorsque les envoyés de Minos s'arrêtent devant lui, Égée se force à prononcer les mots d'usage:

– Bienvenue! Entrez, entrez vous rafraîchir! Vous avez fait un long voyage jusqu'ici!

Et en même temps, il pense: « Si seulement une tempête s'était levée! Si seulement leur bateau avait sombré! Nous aurions gagné quelques jours... »

– Roi Égée, répond le chef de la délégation, merci de ton accueil. Nous allons entrer, nous rafraîchir... et ne pas perdre de temps. Nous souhaitons procéder au tirage au sort au plus vite et reprendre la mer au plus tôt.

– Quel tirage au sort? clame une voix.

Un jeune homme vient de surgir. Il est grand, brun, souriant. Ses yeux pétillent de vie et d'intelligence.

Égée retient un geste de contrariété.

Les envoyés de Minos examinent le nouveau venu. Égée doit se résoudre à le présenter. Il murmure:

– Thésée, mon fils.

– Quel tirage au sort? répète Thésée.

– Ton père ne t'a pas expliqué? l'interroge le chef de la délégation.

Thésée secoue la tête.

– Il ne t'a pas raconté comment Androgée, le fils chéri de notre roi Minos, a perdu la vie à cause de vous, les Athéniens ?

Thésée secoue encore une fois la tête.

– Il ne t'a pas dit que suite à la mort d'Androgée, les Crétois ont envahi Athènes, dévasté la région et imposé une punition à ta ville ?

Thésée secoue toujours la tête, mais, cette fois-ci, il prend la peine d'expliquer :

– Voilà peu de temps que je suis à Athènes. J'ai grandi loin d'ici, dans une autre cité. Je sais que cela peut sembler bizarre, mais il y a quelques semaines encore, mon père ne connaissait pas mon existence. Voilà pourquoi je suis si ignorant. Quelle est cette punition imposée par Minos ?

– Tous les neuf ans, commence le Crétois, Athènes doit nous livrer sept jeunes filles et sept jeunes gens issus des plus grandes familles de la cité...

– Et comme il est impossible de choisir,

l'interrompt Égée, nous nous en remettons au hasard et nous les tirons au sort.

– Que faites-vous de ces sept jeunes filles et de ces sept jeunes gens? interroge Thésée.

– Nous les emmenons en Crète et nous les livrons au Minotaure, déclare le Crétois.

Cette fois, Thésée ne dit plus rien.

Le Minotaure...

Personne ne l'a jamais vu, mais tout le monde en a entendu parler! Un être terrifiant, dont le corps est celui d'un homme et la tête celle d'un taureau! Un monstre qui ne se nourrit, prétend-on, que de chair humaine. Une véritable horreur, si laide et si terrible que Minos l'a enfermée dans un labyrinthe si compliqué que personne ne peut s'en échapper.

– Au Minotaure, répète Thésée machinalement.

– Au Minotaure, confirme le Crétois.

– Vous lâchez les jeunes Athéniens dans le Labyrinthe? le questionne Thésée.

– C'est ça, approuve le Crétois.

– Et ensuite ? demande Thésée.

Le Crétois hausse les épaules.

– Comment veux-tu que nous le sachions ? Personne n’est jamais ressorti du Labyrinthe !

Thésée frissonne.

– Tu n’es pas concerné ! intervient Égée vivement. Tu ne participeras pas au tirage au sort…

Thésée hoche la tête et Égée croit que son fils est sauvé. Il se trompe. Car Thésée annonce :

– Non, je ne serai pas tiré au sort. Je suis volontaire ! Je serai le premier des sept jeunes gens à embarquer sur les navires crétois.

Et, avant que quiconque puisse l'arrêter, il s’éloigne en jetant :

– Excusez-moi ! J’ai à faire…

CHAPITRE 2

LA CONSPIRATION

– Me faire passer pour une fille ! Non mais ça ne va pas la tête !

Furieux, Clitios jette sur le sol la pierre qu'il pétrit dans ses mains depuis quelques instants. Son ami Dolios n'est pas aussi catégorique.

– Tu crois que ça marcherait ? demande-t-il.

– Si vous vous prêtez au jeu, oui, réplique Thésée.

– Tu appelles ça un jeu, toi ! rugit Clitios. Prendre la place de deux filles tirées au sort alors que nous-mêmes avons été épargnés ! Mais qu'est-ce que tu as derrière la tête ?

– Ce que j'ai derrière la tête ?

Thésée est excédé. Il se force à reprendre, plus calmement :

– Croyez-vous que je me suis porté volontaire pour me laisser dévorer par le Minotaure ?

– Nous ignorons pourquoi tu t'es porté volontaire ! jette Clitios.

– Alors je vais vous le dire ! tonne Thésée. C'est pour faire cesser cette punition terrible. Vous vous rendez compte, tous les neuf ans, sept jeunes filles et sept jeunes gens d'Athènes disparaissent ! Avez-vous pensé qu'un jour vos propres enfants seront concernés ?

Les deux autres ne trouvent rien à répondre. Thésée poursuit :

– Je me suis porté volontaire pour tuer le Minotaure. Plus de Minotaure, plus de condamnés à lui fournir... Et la punition cesse.

Clitios et Dolios se regardent. Tuer le Minotaure ? Tout le monde sait que c'est impossible ! Et même en admettant que quelqu'un réussisse, comment ressortir ensuite du Labyrinthe ?

Thésée est fou...

– Et comment comptes-tu t'y prendre ? l'interroge cependant Dolios.

– Je ne sais pas encore, mais je suis sûr qu'une fois sur place, je trouverai. En revanche, je sais qu'après, j'aurai besoin d'aide. Il faudra délivrer nos compagnes et nos compagnons. Et si deux jeunes hommes forts et décidés se trouvent parmi les filles, cela sera plus facile.

– Ça ne marchera pas, déclare Clitios.

– Bien sûr que si ! assure Thésée. Regardez-vous : pas trop grands, des cheveux fins, un visage aimable... Évidemment, il va falloir vous préparer. D'ici votre départ, n'exposez pas votre corps au soleil pour que votre peau éclaircisse. Prenez de longs bains chauds. Parfumez vos cheveux et votre visage avec des onguents et des huiles. Demandez à vos sœurs ! Elles vous indiqueront comment faire.

Clitios et Dolios échangent un sourire. Ils ne sont pas loin d'être convaincus.

Thésée sent qu'il va gagner. Il conclut :

– Le jour où les Crétois examineront leurs prisonniers, vous serez parmi les filles, un voile sur la tête. Ils n'y verront que du feu.

– Et sur place, quel sera notre rôle ?

– Je vous expliquerai le moment venu. En tout cas, vous rendez déjà la joie à deux familles, celles des filles que vous allez remplacer ! Et en plus, vous reviendrez à Athènes en héros !

– Si nous revenons, murmure Dolios.

Les jours s'écoulent.

Dans les rues d'Athènes, on ne voit plus Clitios ni Dolios. On ne voit plus non plus les jeunes gens et les jeunes filles qui ont été tirés au sort. Leurs familles veulent profiter d'eux jusqu'au dernier moment.

Et puis arrive ce qui doit arriver : l'heure du départ.

Une procession descend vers le port. Les parents se lamentent. Les enfants pleurent. Les jeunes filles et les jeunes gens qui n'ont pas été choisis par le hasard sont muets. Ils ont presque honte de rester libres alors que leurs compagnons partent pour mourir.

Sur le rivage, les quatorze condamnés sont arrachés à leur famille. On les aligne côte à côte. Les jeunes gens lèvent la tête vers leur cité qu'ils ne reverront plus. Les cheveux couverts, les jeunes filles fixent leurs pieds.

Deux d'entre elles les fixent même avec beaucoup d'attention. Il s'agit de Clitios et de Dolios. Ils ont suivi les conseils de Thésée et ils sont obligés de reconnaître qu'il avait raison! C'est à s'y tromper. Rien ne les distingue de leurs voisines!

Et le chef des Crétois s'y trompe.

Il examine chaque prisonnière, chaque prisonnier et lève la main.

– C'est bon! Préparez vos sacrifices, puis nous nous en irons.

Un autel a été dressé sur la plage. Des branches d'olivier sont offertes à Apollon. Seul le murmure de la mer vient troubler le recueillement des Athéniens. Au bout d'un moment,

Thésée s'éloigne discrètement. Près d'un buisson fleuri, une tourterelle s'envole vers le ciel. Elle est si gracieuse qu'elle évoque la danse d'une jeune fille.

– Une jeune fille que je ne connais pas, murmure Thésée, rêveur.

Il verse alors de l'huile et du vin sur le sol en chuchotant:

– Aphrodite, protège-moi.

– Pourquoi Aphrodite? Pourquoi la déesse de l'amour? demande le vieux prêtre qui l'a entendu.

Thésée lève vers lui un regard lumineux, observe le coin de ciel où la tourterelle a disparu et répond:

– Peut-être m'aidera-t-elle?

– C'est l'heure! appelle le chef des Crétois. On embarque! Toi, là-bas! ajoute-t-il en désignant Thésée. Tu as demandé à être le premier à embarquer. Eh bien, c'est le moment!

– J'arrive! crie Thésée.

Il serre rapidement les mains du prêtre, s'arrête devant son père.

En quelques jours, Égée semble avoir vieilli de plusieurs années. Thésée est ému. Il se penche et lui murmure à l'oreille:

– Je reviendrai.

Égée n'a qu'une envie: croire son fils. Il réplique sur le même ton:

– J'ai fait porter une voile blanche dans la cale du navire. Si tu reviens, utilise-la. Chaque jour, je guetterai ton retour. Si une voile blanche surgit à l'horizon, je saurai que tu es vivant. Sinon...

Égée laisse sa phrase en suspens.

Thésée lève les yeux vers la voile du navire qui doit l'emporter. Elle est aussi noire que l'aile d'un corbeau et témoigne du chagrin et du désespoir des Athéniens.

– Je reviendrai, répète-t-il. Ta voile blanche servira.

Ensuite, tout va très vite.

Les prisonniers embarquent, le navire s'éloigne, la voile noire se déploie. Une brise légère souffle et pousse l'embarcation vers le large.

Sur le rivage, les Athéniens restent là à contempler la mer, bien après la disparition du bateau.

CHAPITRE 3

CHEZ POSÉIDON

– Écartez-vous! Laissez la place à Minos, notre roi. Écartez-vous!

Sur la mer, au large de la Crète, l'embarcation grossit à vue d'œil. Sa voile noire ne trompe pas: ce sont les envoyés de Minos. Ils reviennent d'Athènes avec, à leur bord, les quatorze Athéniens à offrir au Minotaure.

Minos a aussitôt été prévenu et il s'est précipité. Il tient à être présent pour assister au débarquement des quatorze victimes.

Il n'est pas le seul.

Le port grouille de monde: hommes, femmes,

enfants, personne ne veut manquer le spectacle. Pour les Crétois, c'est jour de fête. Ils vont danser, jouer, rire et boire à la santé du Minotaure et à celle de Minos.

– Écartez-vous ! Laissez la place à Minos, notre roi ! Écartez-vous !

Les Crétois obéissent. Ils ont un grand respect pour leur roi qui a su vaincre Athènes et imposer cette punition sévère. Et ils sont rassurés. Si les prisonniers n'étaient pas arrivés, comment auraient-ils contenté le Minotaure ? Auraient-ils dû envoyer leurs propres enfants dans le Labyrinthe ?

Ça y est ! Le bateau accoste. Les amarres sont lancées, une passerelle est jetée. Les garçons débarquent les premiers. Les filles les suivent. Elles ont l'air plus timides, plus hésitantes. Deux d'entre elles en particulier, qui baissent la tête et évitent les regards.

Ce n'est pas le cas de la dernière. Au moment où elle pose le pied sur le sol crétois, son voile glisse et tombe à ses pieds. Elle pousse un petit cri, et éclate d'un rire nerveux. Elle va se baisser pour le ramasser, mais déjà quelqu'un se précipite.

La foule retient un cri de surprise. Qui est le Crétois prêt à aider ainsi la jeune Athénienne ?

Ils ont du mal à en croire leurs yeux... C'est le roi Minos lui-même !

Il saisit le voile, dévisage la prisonnière.

Les Crétois se disent que leur roi a bon goût. La jeune Athénienne est très belle. Si belle que nombre d'entre eux voudraient bien, à ce moment précis, être à la place de Minos ; si belle que beaucoup pensent qu'il est fort dommage de la livrer au Minotaure.

Thésée, lui, se dit que Minos exagère ! Surtout quand le roi des Crétois lève une main pour caresser la joue de la jeune fille.

La jeune fille recule.

Thésée bondit.

Les gardes le retiennent.

Minos se tourne vers lui, surpris.

– Qui es-tu donc pour oser t'opposer à moi ?

– Je suis Thésée, fils du dieu Poséidon. Et toi, ce n'est pas parce que tu es roi que tu as le droit de porter la main sur une Athénienne!

– Fils de Poséidon... relève Minos, moqueur. Je croyais que ton père était Égée, le roi d'Athènes.

– On t'a mal renseigné, Minos.

La foule commence à rire. Comment ce prisonnier pourrait-il être le fils d'un dieu?

Thésée est vexé. Il lance à Minos:

– Toi-même, tu prétends bien être le fils de Zeus! Pourquoi ne serais-je pas celui de Poséidon?

Minos le regarde avec dédain.

– Moi, je ne prétends rien, dit-il. Je suis le fils de Zeus. Et toi, si tu es le fils de Poséidon, prouve-le!

– Prouve d'abord que tu es le fils de Zeus, réplique Thésée du tac au tac.

Minos éclate de rire.

– Très simple.

Il lève les bras vers le ciel et s'écrie:

– Zeus, mon père! Manifeste-toi!

Aussitôt, un éclair zèbre le ciel tandis que le tonnerre claque au-dessus du port.

Impressionnée, la foule recule.

– À toi, à présent! jette Minos à l'intention de Thésée.

Il ôte un anneau qu'il porte au doigt et le montre au jeune homme.

– Tu vois cet anneau? Eh bien, rapporte-le-moi! Avec l'aide de ton père, tu devrais y parvenir!

Sans attendre de réponse, il lance l'anneau loin dans la mer.

Thésée n'hésite pas une seconde. Il plonge et s'enfonce sous les flots. Il nage vite, les yeux grands ouverts, cherchant à repérer l'anneau. Bientôt, le souffle lui manque. Il sait qu'il va devoir remonter à la surface pour respirer. Impossible! Il sera ridicule! Il insiste. Ses poumons sont sur le point d'éclater. Tant pis; il préfère se noyer plutôt que de montrer sa défaite à Minos. Il a une pensée pour Égée qui l'attend à Athènes, pour ses compagnons qui vont être livrés au Minotaure, il s'apprête à ouvrir la bouche, il sait qu'il est perdu, et soudain...

Soudain, une troupe de dauphins surgit et, d'un coup, Thésée n'éprouve plus le besoin de respirer. Les dauphins le prennent en charge et le conduisent loin sous la mer. Les rayons du soleil ne parviennent pas jusque-là, et pourtant tout ruisselle de lumière.

Bientôt, deux colonnes de marbre rose annoncent l'entrée d'un palais. Des jeunes filles coiffées de couronnes d'étoiles de mer l'accueillent.

– Sois le bienvenu, Thésée! Nous t'attendions!

Elles entraînent Thésée dans une vaste salle.

Au centre se dresse un trône.

Et sur le trône: Poséidon.

Le dieu des mers n'a pas l'air surpris de voir Thésée. Il lui explique simplement:

– Ce Minos, sous prétexte qu'il est le fils de Zeus, il se croit tout permis. Et puis il a un gros défaut: il ne croit jamais ce qu'on lui dit!

Thésée voudrait s'expliquer, mais il réalise qu'aucun son ne sort de sa bouche.

– Bon, cet anneau... Comme s'il avait besoin de le lancer si fort! Enfin, les Néréides que tu vois là sont capables de retrouver n'importe quoi au fond de la mer.

Les jeunes filles adressent des sourires à Thésée tandis que Poséidon poursuit:

– Tiens, le voici.

Au bout des doigts du dieu des mers, l'anneau de Minos brille. Thésée tend le bras dans l'eau transparente et referme sa main sur la bague.

Il voudrait remercier, impossible. Sous l'eau, il est devenu muet!

– Remonte à l'air libre, à présent, ordonne Poséidon. Sinon, ils sont capables de croire que tu t'es noyé! Ah! Non! Attends... J'oubliais... Amphitrite, mon épouse, voudrait te faire un présent.

Du fond de la salle, une femme surgit. Elle est vêtue de voiles couleur d'océan qui dansent sur son corps. Elle porte dans les mains une couronne incrustée d'étoiles et de pierres précieuses. D'un geste léger, elle la pose sur les boucles de Thésée et déclare :

– Tiens ! Tu l'offriras à celle que tu épouseras. Va-t'en, maintenant !

Même s'il le voulait, Thésée ne pourrait pas rester plus longtemps dans le palais sous les eaux. Les dauphins l'entraînent, ils sortent du palais, ils nagent vers le port, vers le monde des hommes.

Thésée lève la tête. La surface de l'eau est comme un bouclier transparent au travers duquel il aperçoit la lumière du soleil. Il s'en rapproche de plus en plus. La lumière l'aveugle quand il brise les flots et jaillit au grand air, le poing fermé tendu vers le ciel, la couronne resplendissante sur sa tête, en criant :

– Je l'ai !

Dans la foule, des exclamations fusent. Personne ne croyait que Thésée reviendrait, et encore moins qu'il réussirait !

Une seule personne n'a pas crié.

Éblouie, elle contemple Thésée qui sort de la mer, vainqueur et ruisselant.

CHAPITRE 4

SOUS LE SIGNE DE L'AMOUR

– Voici ton anneau, Minos! lance Thésée d'un air moqueur.

Sans un mot, Minos glisse la bague à son doigt.

– Et tu ne toucheras pas à cette Athénienne, ajoute Thésée.

– Non, je me contenterai de la livrer au Minotaure! commente Minos en tournant les talons.

Aussitôt, les gardes entourent les prisonniers. On sépare les filles des garçons. Thésée adresse en hâte un signe à ses deux camarades déguisés. Le moment venu, ils se retrouveront… Puis ils empruntent la rue qui les conduit vers leur prison.

Sur leur passage, la foule rit et applaudit.

Une seule personne reste muette. Son regard est fixé sur Thésée. Comment attirer son attention ? Il ne va quand même pas passer devant elle sans la voir ?

Non.

Elle le dévisage avec une telle intensité qu'il tourne la tête. Ça y est ! Ses yeux rencontrent les siens, s'y accrochent. La file des prisonniers continue d'avancer, mais Thésée se retourne pour la regarder encore. Quant à elle, elle essaie d'avancer aussi, de rester à sa hauteur. Mais la foule est trop dense. Elle les sépare. Il se retourne une dernière fois, fait un geste, comme pour l'appeler, mais les gardes le poussent.

Voilà, il a disparu avec les autres.

Elle reste là.

Désespérée.

– Ariane !

Elle sursaute. Une main la tire par le bras.

– Ariane ! Viens ! Rentrons...

– Phèdre ! Tu l'as vu ?

Ariane parle d'une voix si émue que Phèdre ne peut faire autrement que s'arrêter. Elle considère sa sœur avec curiosité et demande :

– Qui ?

– Cet Athénien. Celui qui a rapporté l'anneau. Avec sa couronne sur la tête... Tu as vu comme il est beau ?

– Ariane ! C'est un prisonnier ! On va l'envoyer dans le Labyrinthe ! C'est même par lui qu'on va commencer !

Ariane étouffe un cri d'horreur. Dans le Labyrinthe ! Non ! C'est impossible !

Phèdre hausse les épaules.

– Ne fais pas l'idiote. Toi, la fille de Minos, tu ne peux pas éprouver de pitié pour un Athénien. Allez, viens, les danses vont commencer.

Ariane suit sa sœur à contrecœur. Ce n'est pas de la pitié qu'elle éprouve. C'est bien autre chose. Quelque chose de beaucoup plus fort qui remplit tout son être.

Dans le palais de leur père, une joyeuse musique résonne et des odeurs de miel s'échappent des cuisines. Mais Ariane n'a pas le cœur à rire et l'annonce de sa sœur lui a coupé l'appétit. Elle prend place néanmoins à côté de Phèdre, tandis que les danseurs envahissent la cour.

Elle essaie de se concentrer sur les prouesses des artistes. Sans résultat. Une seule image occupe sa pensée : celle du bel Athénien sortant de la mer, tout scintillant d'eau et de soleil.

Le temps passe. Elle grignote un gâteau sans conviction.

Elle n'y tient plus. Et comme nul ne fait attention à elle, elle se laisse glisser de son siège, se faufile dans les couloirs, quitte le palais.

Les rues de la ville sont désertes. Tous sont venus assister au spectacle offert par son père en l'honneur des prisonniers.

Quatorze prisonniers.

Quatorze jours de fête.

Chaque matin, l'un d'eux sera livré au Minotaure. Un jour un garçon, le suivant une fille. Et le premier d'entre eux…

Elle porte une main à sa bouche. Elle doit trouver de l'aide. Mais tout le monde est au palais.

Tout le monde ? Non.

Un homme au moins n'a pas répondu à l'invitation de son père. Elle en est certaine, il n'aime pas les fêtes. Il doit être chez lui. Et, sans s'en apercevoir, elle a emprunté le chemin qui conduit à sa maison. La voici devant la porte. Elle que l'on dit si timide, elle est prête à tout pour sauver Thésée.

Son poing s'abat sur la porte : Bang !

Une autre fois : Bang !

Une autre fois encore : Bang !

– Voilà, voilà ! J'arrive ! marmonne une voix.

La porte s'ouvre.

– Bonsoir, Dédale, murmure Ariane.

Elle se demande soudain ce qu'elle fait là. Son père ne l'approuverait pas, elle en est certaine. Phèdre non plus. Elle poursuit pourtant :

– Je te cherchais.

– Tu m'as trouvé, réplique Dédale que rien ne surprend. Entre, Ariane.

La jeune fille pénètre dans la maison.

Il ne s'agit pas d'une maison ordinaire. Tout l'espace est occupé avec des plans, des outils, des objets comme Ariane n'en a jamais vu.

– Que puis-je pour toi ? l'interroge Dédale.

La jeune fille hésite. Mais l'image de Thésée est si forte qu'elle trouve le courage de parler.

– C'est au sujet des prisonniers…

Dédale lui lance un regard curieux.

– Tu parles de ceux qui sont arrivés ce matin ? Les Athéniens ?

– Oui. C'est ça.

– Eh bien ?

– Demain, le premier d'entre eux sera conduit au Labyrinthe. Il s'appelle Thésée…

Dédale l'interrompt d'un geste.

– Oui, oui ! Je sais ! On m'a raconté. L'anneau. La couronne sur sa tête. On dit qu'il ressemblait à un dieu quand il est sorti de l'eau !

– Oh ! Oui ! s'exclame Ariane. À un dieu !

– Eh bien, demain, ce dieu sera livré au Minotaure, conclut Dédale en tournant le dos à Ariane.

– C'est impossible ! s'écrie Ariane.

Il y a un tel désespoir dans sa voix que Dédale se retourne. Il observe le visage de la jeune fille et murmure :

– Je vois ! C'est encore un coup d'Aphrodite… Tu es tombée amoureuse de ce jeune homme que tu ne connais pas.

– Non, non ! assure Ariane précipitamment. C'est juste que…

– Alors ça tombe bien ! la coupe Dédale. Parce que ton Thésée, tu vois, rien ni personne ne peut le sauver !

– Si ! proteste Ariane.

– C'est bien ce que je disais, fait Dédale. Tu es amoureuse.

– Oui. Non… Je ne veux pas qu'il meure…

– Mais enfin, Ariane, pourquoi viens-tu me raconter ça, à moi!

– Parce que… Parce que j'ai décidé de donner une épée à Thésée avant qu'il pénètre dans le Labyrinthe. Comme ça, il pourra tuer le Minotaure.

– Et alors?

– Alors, après, il faudra qu'il ressorte!

– Et alors? répète Dédale.

– Alors, s'emporte Ariane, c'est toi qui as bâti le Labyrinthe! Tu sais forcément comment on en sort!

– C'est ce que tout le monde croit, annonce Dédale calmement.

Ariane reste sans voix.

– Je suis particulièrement fier de ce labyrinthe, poursuit Dédale. C'est l'une de mes plus belles réussites. Si parfaite que, moi-même, je ne saurais pas en sortir si d'aventure on m'y enfermait.

– Je ne te crois pas, jette Ariane.

– Tu as tort! Retourne au palais, à présent, Ariane. Et oublie cet Athénien.

– Je ne l'oublierai pas. Si c'est comme ça, j'entrerai dans le Labyrinthe avec lui. Je serai là quand il tuera le Minotaure. Et ensuite, nous errerons ensemble dans le Labyrinthe jusqu'à notre mort. Voilà!

Dédale considère Ariane sérieusement.

– Rien ne te fera changer d'avis? murmure-t-il.

– Rien, confirme Ariane.

– On a beau dire, soupire Dédale, Aphrodite fait vraiment du beau boulot. Bon. Je m'en voudrais d'apprendre que tu as péri avec cet Athénien. Il y a peut-être une solution... Je te la donne, à une condition.

Ariane est prête à accepter toutes les conditions. Elle demande:

– Laquelle?

– Promets-moi que jamais tu n'entreras avec Thésée dans le Labyrinthe.

– Uniquement si ta solution permet de le sauver!

– Je crois qu'elle le peut... si ton Athénien a deux doigts de bon sens. Laisse-moi chercher quelque chose...

Dédale disparaît dans une pièce voisine. Ariane l'entend fouiller. Elle entend des pots qui tombent et se brisent. Elle entend Dédale jurer. Elle voit le savant revenir dans la pièce. Il tient dans les mains une grosse bobine de ficelle.

Ariane le considère d'un air perplexe.

Dédale soupèse la bobine et murmure :

– Elle devrait être assez longue.

– Assez longue pour quoi faire ? l'interroge Ariane.

– Très simple... Au moment où ton Athénien pénétrera dans le Labyrinthe, qu'il attache l'extrémité de cette ficelle à quelque chose de fixe. Puis, au fur et à mesure qu'il avance, il la déroule. Pour le retour, c'est très facile : il n'a qu'à suivre le fil.

Ariane se jette au cou de Dédale.

– Dédale ! Tu es un génie !

– Je sais, je sais ! réplique le savant en la poussant dehors.

CHAPITRE 5

UN COMBAT… ET UNE RUSE

L'aube se lève sur la Crète. Dans leur prison, les compagnons de Thésée n'ont pas fermé l'œil. Lui a dormi comme un bébé. S'il doit combattre le Minotaure, mieux vaut qu'il soit en forme !

Ses compagnons l'ont interrogé :

– Comment espères-tu tuer le Minotaure ? À mains nues ?

– S'il le faut ! a répliqué Thésée.

– Et pour trouver la sortie du Labyrinthe, comment feras-tu ?

– Je trouverai une solution.

En fait, Thésée n'a pas la moindre idée de ce qui va se passer, mais quand les gardes viennent le chercher, il lance un clin d'œil à ses compagnons et leur jette :

– À tout à l'heure ! Et tenez-vous prêts !

Les rues de la cité sont désertes. Les Crétois ont festoyé une bonne partie de la nuit, puis ils sont allés se coucher. Personne ne tient vraiment, d'ailleurs, à assister aux derniers pas des condamnés. Pas même les gardiens qui sont tirés au sort pour accomplir cette tâche.

L'entrée du Labyrinthe se trouve au cœur d'un bois. C'est une simple porte qui ouvre... Thésée frissonne. Il prend conscience qu'il n'a aucun plan pour se sortir de cette situation. D'un moment à l'autre, les gardes vont le pousser à l'intérieur et après...

Il fixe la porte. Il attend. Rien ne se produit. La porte reste close. Dans son dos, il n'entend plus aucun bruit. Il attend encore. Ces quelques secondes, c'est toujours ça de gagné !

Bon… Ça commence à être long!

Il se décide et se retourne.

Elle est devant lui.

La jeune fille de la veille. Celle qui n'avait d'yeux que pour lui alors qu'on l'entraînait vers sa prison. Elle est encore plus jolie que dans son souvenir.

Et les gardes?

Les gardes ont disparu.

Elle semble figée sur place. Elle le dévore du regard. Il murmure:

– Bonjour.

Ariane secoue la tête, comme si elle sortait d'un songe. En deux pas, elle est près de lui. Elle explique d'une voix pressante:

– Nous n'avons pas beaucoup de temps avant que les gardes reviennent. Je les ai bien payés, mais ils craignent Minos.

– Pourquoi les as-tu payés?

– Pour pouvoir te parler avant que tu pénètres là-dedans, fait-elle en désignant l'entrée du Labyrinthe d'un gracieux mouvement du menton.

Thésée sourit.

– Tu es gentille. Ton visage est une belle image à emporter avec moi.

– Je peux te donner plus qu'une image.

– Quoi ? fait Thésée soudain intéressé.

– Une épée et le moyen de sortir du Labyrinthe.

Thésée a le souffle coupé. Il y a encore une minute, il n'avait aucune idée de ce qu'il allait faire, et soudain cette fille prétend pouvoir résoudre tous ses problèmes.

– Qui es-tu ? demande-t-il.

– Je suis Ariane, la fille du roi Minos.

– Et toi, la fille de mon ennemi, tu es prête à m'aider ?

– Oui.

– Pourquoi ?

– Je t'ai vu hier quand tu es sorti de l'eau, avec ta couronne sur la tête et l'anneau de mon père...

Ariane se tait, embarrassée.

– Et ? l'encourage Thésée.

– Et j'ai eu envie de t'aider.

Un sourire se dessine sur les lèvres de Thésée. Comme il a eu raison de se placer sous la protection d'Aphrodite!

– Que veux-tu en échange? demande-t-il encore.

– Eh bien... Tu vois... Quand mon père va s'apercevoir que je t'ai aidé, il vaut mieux que je ne sois plus dans les parages...

– Tu veux que je t'emmène avec moi, la coupe Thésée.

– C'est ça.

– C'est tout?

– Non. Je suis la fille du roi. Je ne peux pas m'enfuir ainsi avec le premier venu.

– Je ne suis pas le premier venu! s'exclame Thésée.

– Non, non! Ce n'est pas ce que je voulais dire! Mais bon, enfin, ce n'est pas très correct...

– Et alors?

– Il faut que tu me promettes de m'épouser, lance Ariane d'une traite.

– T'épouser, répète Thésée lentement... Et t'emmener avec moi à Athènes, je suppose?

– C'est ça!

Thésée ne réfléchit pas longtemps. Il examine Ariane. Elle est jolie et fille de roi. Pourquoi pas, après tout? Et, de toute façon, il n'a pas le choix.

Il plonge son regard dans celui de la jeune fille et déclare:

– D'accord. Je te le promets. Elle est où cette épée?

Le cœur d'Ariane bat très fort dans sa poitrine quand elle indique:

– Là. Derrière ce buisson.

Thésée se précipite, attrape l'arme. Elle est légère et maniable. Ariane a choisi exactement ce qu'il fallait.

– Et pour ressortir? l'interroge-t-il.

– Tu n'as pas vu la bobine de fil à côté de l'épée?

– Si, mais...

– Prends-la avec toi. Attache l'extrémité à la

porte et déroule-la au fur et à mesure que tu avances. Au retour...

– J'ai compris! exulte Thésée. Au retour, je suis ton fil, Ariane. C'est malin, très malin!

– Je t'attendrai ici, se contente de répondre Ariane.

Elle pousse la porte, s'efface et Thésée pénètre dans le Labyrinthe.

Dans le Labyrinthe, il ne fait ni jour ni nuit. On y voit assez pour avancer, mais on aimerait bien tout de même qu'il fasse un peu plus clair. Le sol couvert de sable est propre et il ne porte aucune empreinte, comme si jamais personne ne s'était aventuré ici. Les murs sont lisses. Thésée les effleure de la main et un frisson le parcourt. Ils sont glacés! Une curieuse odeur règne dans le couloir, que Thésée s'efforce d'ignorer.

Il progresse à pas précautionneux. Une minute s'est à peine écoulée qu'il n'a déjà plus la moindre idée de l'endroit où il se trouve. Il s'accroche à sa bobine qui se déroule, épousant ses tours et ses détours. Il tourne à droite, à gauche. Il hésite parfois, cela ne sert à rien, il est perdu.

Il reste aux aguets. Où se cache le Minotaure? Sait-il qu'on vient de lui livrer sa première victime? Attend-il qu'elle parvienne jusqu'à lui ou s'est-il mis en chasse? Va-t-il surgir devant lui à l'improviste?

Thésée songe aussi à ceux qui l'ont précédé. Comme ils ont dû avoir peur, seuls, sans armes, sans espoir, dans l'attente d'une mort horrible.

Sa main se resserre sur son épée. Il va mettre fin à cette punition. Aucun Athénien ne sera plus livré au Minotaure. Jamais.

Il s'arrête soudain. Quel est ce bruit? Cela ressemble à un grognement, mais ce n'en est pas vraiment un. Le bruit s'amplifie. Thésée hésite. Une ombre s'allonge devant lui. Deux cornes monstrueuses se dessinent sur le mur, encadrant un mufle baveux.

Thésée est pétrifié.

Ce n'est plus une ombre qu'il doit affronter, mais un être de chair et de sang qui vient de surgir.

Les voilà face à face.

Le Minotaure, planté sur ses jambes d'homme, tend vers Thésée sa tête de taureau.

Thésée sent ses jambes flageoler, si bien qu'il en lâche sa bobine qui roule sur le sol!

Le Minotaure grogne et, cette fois, son cri résonne dans le Labyrinthe.

« Il a faim! se dit Thésée. Il a très faim! »

Et cette certitude lui redonne courage. Pas question de finir dans l'estomac de ce monstre! Il se battra.

Quand le Minotaure bondit, Thésée est prêt. Il lui enfonce son épée dans le ventre. L'autre abat son poing sur la tête du jeune homme. Thésée s'écroule, sonné. Le Minotaure titube. Thésée en profite pour reprendre ses esprits. Il se redresse, arrache son arme du corps du Minotaure. Le sang jaillit et éclabousse Thésée qui suffoque. Il brandit pourtant son arme, frappe au hasard. Le Minotaure hurle, s'effondre. Thésée recule. Du sang dégouline de son front et l'aveugle. Il l'essuie d'un revers de main. Le Minotaure est à terre.

Vaincu ? Non. Il se relève.

Soudain, Thésée a peur. Il croyait le combat terminé, mais le Minotaure est toujours vivant. Serait-il immortel ? Impossible. Seuls les dieux sont immortels, et le Minotaure n'est pas un dieu.

Thésée raffermit sa prise sur la poignée de son épée, la brandit au-dessus de sa tête et l'abat une dernière fois, juste entre les deux cornes.

Le Minotaure tombe.

C'est fini.

Thésée se laisse glisser sur le sol, le dos contre la paroi. Il tremble de tous ses membres. Peu à peu, il reprend ses esprits. Il se lève, fait quelques pas et se souvient: la bobine ! Il l'a lâchée quand le Minotaure est apparu, où est-elle ? Il la cherche du regard. Il n'ose plus bouger car il sait qu'il peut s'égarer très vite. La peur s'empare de lui. À quoi bon avoir tué le monstre s'il ne peut ressortir du Labyrinthe ?

Il se décide enfin à avancer, trébuche sur quelque chose. C'est elle !

Il court à présent.

Il fuit.

Il suit le fil d'Ariane qui le conduit vers la sortie. Vers la liberté.

Ariane l'attend, comme elle l'a promis.

Elle se jette dans ses bras. Il la serre contre lui. Elle l'embrasse passionnément sans se soucier du sang dont il est couvert.

Il murmure dans ses cheveux :

– Merci. Merci, Ariane.

Et il ajoute :

– Vite ! Conduis-moi à la prison.

– Viens !

Elle le prend par la main. Ils courent vers la ville, se glissent dans les ruelles. Il n'y a qu'un garde devant la porte. Personne ne croit une évasion possible ! Thésée l'assomme. Ariane ouvre la porte aux prisonniers et Thésée se précipite vers le lieu où sont gardées les filles.

Clitios et Dolios sont prêts. Dès que la porte s'ouvre, ils entraînent les jeunes filles.

Mais l'alerte est donnée. On les poursuit!

Les évadés fuient vers le port. Clitios et Dolios ont jeté leurs vêtements de fille et se sont transformés en redoutables guerriers. Aux côtés de Thésée, ils se battent pour atteindre leur bateau, celui-là même qui les a conduits en Crète. Pendant ce temps, leurs compagnons brisent les coques des autres navires. Ainsi, nul ne pourra les poursuivre.

Clitios est le premier à grimper sur le pont.

– J'y suis! hurle-t-il.

Les filles embarquent, puis les garçons, l'un après l'autre. Thésée est le dernier. Il tient Ariane par la main.

– Elle vient avec nous, dit-il.

Dolios tranche les amarres qui retiennent le bateau au quai, les autres hissent la voile. Le bateau s'éloigne.

Clitios éclate de rire en montrant le port.

– Regardez! Ils s'imaginent qu'ils vont pouvoir nous poursuivre!

Impossible! En effet, tous les bateaux sont sabordés! La mer est libre et le navire des Athéniens s'élance vers l'horizon.

CHAPITRE 6

UNE VOILE NOIRE SUR LA MER

– Je suis malade…

Ariane se traîne sur un banc, se redresse, tend son visage vers le ciel, gémit.

Thésée lui tient la main.

– Ça ne va pas ?

Ariane secoue la tête.

– Non !

Un hoquet la rejette au fond du navire. Elle est livide. Elle se tient le ventre.

– Enfin, soupire Thésée, tu aurais pu me le dire que tu as le mal de mer !

– Comment voulais-tu que je le sache? s'emporte Ariane. C'est la première fois que je monte sur un bateau!

– Quoi?

– Eh bien, oui, je n'ai jamais quitté mon île. Et maintenant, je suis malade… Je vais mourir…

– Mais non, mais non… assure Thésée. On va trouver une solution.

Ariane est pliée en deux. Thésée l'observe avec inquiétude. Des solutions, il n'y en a qu'une: débarquer sur la terre ferme, attendre qu'Ariane se remette, et reprendre la mer en espérant que cela ira mieux.

– Terre! Terre! hurle justement Dolios.

– Thésée, que fait-on? interroge Clitios.

– Quelle est cette terre, tu crois? demande Thésée.

– Sans doute l'île de Dia. On peut y aborder sans danger.

– Abordons alors, décide Thésée.

Le temps que le navire soit tiré sur le sable, Ariane s'est évanouie.

Thésée la prend dans ses bras, saute sur le sable, allonge la jeune fille à l'ombre d'un arbre. Il se penche vers elle. Elle respire doucement. Elle est si jeune, si fragile. Épuisée déjà par quelques heures de mer.

Mille pensées se bousculent dans la tête de Thésée. La route est longue encore pour rejoindre Athènes ! Ariane le supportera-t-elle ? Et même... Est-ce une bonne idée de ramener chez lui la fille de leur ennemi ? Personne ne lui fera bon accueil.

Oui, mais il lui a promis de l'emmener et de l'épouser.

Il réfléchit longuement.

Est-ce que sa promesse est valable ?

Il n'avait pas le choix. Il l'a faite pour sauver sa vie et celle des jeunes Athéniens. Et voilà qu'à présent Ariane est trop malade pour poursuivre le voyage.

Et s'il s'agissait d'un signe des dieux ?

En quelques minutes, Thésée prend sa décision. Il contemple le visage de la jeune fille.

Lentement, il sort de son vêtement la couronne qu'Amphitrite lui a offerte. « Pour celle que tu épouseras », a dit la déesse de la mer.

Thésée pose la couronne sur le sable, tout près de la belle endormie. Il n'épousera pas Ariane, mais elle aura la couronne.

Puis il se redresse, rejoint ses compagnons et ordonne :

– On y va !

Personne ne pose de questions alors que le navire reprend la mer, abandonnant Ariane sur le sable de Dia.

Les vents sont favorables et le navire s'éloigne rapidement. Bientôt, les côtes de Dia disparaissent et les jeunes Athéniens n'ont plus qu'une idée en tête : voir apparaître celles de leur patrie.

Il leur reste un long chemin à parcourir, mais sous le ciel bleu le navire avance. Sa voile noire l'emporte et tous se réjouissent.

De l'autre côté de la mer, le vieil Égée attend. Il n'a jamais cessé d'espérer. Chaque jour, il s'est rendu sur les falaises. De là, le regard porte loin. C'est un bon endroit pour guetter les bateaux.

Lui guette un bateau en particulier, un bateau qui aurait une voile blanche. Car Égée a confiance dans la promesse de Thésée.

« Je reviendrai », a juré le jeune homme. Au fond de son cœur, Égée y a cru.

Ce matin n'est pas un matin comme les autres. Une forme danse sur l'horizon. Un point minuscule, mais il s'agit d'un bateau, Égée en est certain. Plus le point grossit, plus Égée est sûr que c'est celui qu'il attend. Sa forme ne trompe pas : c'est le navire qui a emporté les jeunes Athéniens !

Mais de quelle couleur est donc sa voile ? Le soleil scintille sur la mer et éblouit Égée. Il n'est pas sûr de ce qu'il voit, il y a tellement de reflets sur l'eau ! Noire, blanche, dorée... On dirait que la voile change de couleur au gré du vent.

Égée espère encore.

Le bateau s'approche.

Égée n'espère plus.

La voile est noire.

Le vieil homme est anéanti. Une voile noire, cela veut dire que Thésée est mort, et avec lui les jeunes Athéniens. Le soleil peut briller et la mer jouer, qu'importe ! Égée n'a plus de raison de vivre.

Un pas.

Deux pas.

La falaise est abrupte.

Un troisième pas : Égée tombe et disparaît dans les flots.

Quand Thésée rejoint Athènes, il trouve la ville en deuil. Le roi est mort ! Son père est mort. Et personne n'attend Thésée ! Une voile noire, cela ne signifie-t-il pas qu'il a péri ? Et pourtant, il est là, bien vivant, et tous les autres avec lui. Pourquoi n'a-t-il pas hissé une voile blanche, comme il l'avait promis à Égée ?

Pourquoi ?

Thésée ne sait pas. Il a oublié, voilà !

Il a traversé la mer ; il a rencontré le dieu des mers et reçu une couronne de la part de son épouse ; il a tué le Minotaure ; il a failli épouser la fille de Minos ; il a libéré ses compagnons et les a ramenés chez eux ; il a juste oublié une chose : remplacer la voile de son bateau pour avertir Égée qu'il était vivant.

C'est trop tard maintenant. On ne peut rien changer.

Athènes fête le retour des jeunes gens et pleure la mort de son roi.

Thésée marche sur la falaise. Il veut voir l'endroit d'où son père guettait l'horizon. Il laisse son regard courir sur la mer. La Crète est loin de l'autre côté des flots et les Crétois ne reviendront plus chercher leur terrible tribut.

Quant à lui, à présent, il est le roi d'Athènes.

Une tourterelle s'envole sous ses pas et son cœur se serre alors qu'il la suit des yeux.

Il songe à la belle endormie abandonnée sur le sable de Dia.

Il songe à la promesse qu'il a trahie. A-t-il pris la bonne décision ?

Seuls les dieux connaissent la réponse...

POUR EN SAVOIR PLUS SUR

L'HISTOIRE DE THÉSÉE ET DU MINOTAURE

L'histoire de Thésée et du Minotaure appartient à la mythologie grecque. On connaît la mythologie grâce à des textes, des monuments, des statues, des vases et toutes sortes d'objets que l'on a retrouvés. Est-ce que cela signifie que l'histoire de Thésée et du Minotaure est une histoire vraie ? Pas si simple...

Comment connaît-on l'histoire de Thésée et du Minotaure ?

En partie grâce à des textes.
Ces textes ont été écrits par des auteurs qui ont vécu il y a très longtemps, comme Ovide, Plutarque, ainsi qu'Apollodore. On connaît aussi cette histoire grâce aux peintures des vases grecs qui montrent, par exemple, le combat de Thésée et du Minotaure, ou les jeunes Athéniens et Athéniennes destinés au Minotaure ; ou encore à travers les sculptures des temples qui racontent les exploits de Thésée, comme sur les bas-reliefs des temples d'Héphaïstos, à Athènes.

Qui est Ovide ?

Un auteur latin. Il a vécu à la fin du Ier siècle avant J.-C. et au début du Ier siècle après J.-C. Il évoque l'histoire de Thésée et du Minotaure dans *Les Métamorphoses*.

Qui est Plutarque ?

Un auteur grec.
Il a vécu à la fin du Ier siècle et au début du IIe siècle après J.-C. Dans *Les Vies des hommes illustres*, il raconte la vie et les aventures de Thésée en s'appuyant sur des textes plus anciens qui ont aujourd'hui disparu.

Qui est Apollodore ?

On ne sait pas vraiment !
On sait qu'un Apollodore d'Athènes a vécu au IIe siècle avant J.-C. Longtemps, on a pensé qu'il était l'auteur de *Bibliothèque*, qui regroupe de nombreuses histoires de la mythologie grecque. Mais aujourd'hui, on pense que les textes de *Bibliothèque* ont plutôt été écrits entre le Ier et le IIIe siècle après J.-C. par un inconnu à qui on a donné le nom de « Pseudo-Apollodore ». L'un des textes de *Bibliothèque* raconte les aventures de Thésée.

Qui est le Minotaure ?

Le fils d'un taureau et de Pasiphaé, l'épouse de Minos, roi de Crète. C'est le dieu Poséidon qui a offert le taureau à Minos. En remerciement, Minos aurait dû le sacrifier, mais il ne l'a pas fait ! Pour le punir, Poséidon a inspiré à Pasiphaé un amour fou pour le taureau. C'est ainsi que le Minotaure est né. Son nom signifie « taureau de Minos ».

Le Minotaure a-t-il vraiment existé ?

Sûrement pas !

Mais le palais du roi Minos, lui, a existé. Il se trouve en Grèce, dans l'île de Crète, à Cnossos. Il comportait 5 étages et plus de 1300 pièces. Son architecture était si compliquée et ses couloirs si nombreux qu'on a longtemps cru qu'il s'agissait du Labyrinthe où avait été enfermé le Minotaure.

Qui est Thésée ?

Le héros des Athéniens.

Thésée est le fils d'Égée, le roi d'Athènes. Mais on le disait aussi fils du dieu Poséidon. Égée espérait depuis longtemps un héritier quand il passa une nuit avec Aethra. En la quittant, il lui dit que si elle donnait naissance à un fils, elle devrait l'élever dans le plus grand secret et l'envoyer à Athènes quand il serait grand. En effet, Égée avait un demi-frère, Pallas, qui avait lui-même cinquante fils, et qui comptait bien mettre l'un d'eux sur le trône d'Athènes à la mort d'Égée. La naissance d'un héritier pouvait contrecarrer ce projet et Égée avait peur que Pallas ne fasse disparaître l'enfant. Pour mieux cacher la véritable identité de Thésée, Aethra raconta que son père était Poséidon.

Est-ce que Thésée a vraiment existé ?

C'est possible.

Les Grecs d'autrefois pensaient que Thésée avait fait d'Athènes l'une des cités les plus puissantes de Grèce en réunissant les villages de l'Attique, la région où se situe Athènes. C'est aussi l'avis de Plutarque, qui explique comment Thésée a organisé et modernisé la société athénienne. Et chaque année, à Athènes, de grandes fêtes, les Panathénées, rappelaient cette réussite.

Et Ariane, qu'est-elle devenue ?

Elle a épousé Dionysos, le dieu du vin !
On ne sait pas vraiment pourquoi Thésée a abandonné Ariane. Certains auteurs pensent qu'il a été ensorcelé et qu'il l'a oubliée ; d'autres disent qu'il cherchait à s'en débarrasser ; d'autres, qu'il n'était pas amoureux d'elle... Toujours est-il que sur l'île de Dia, Ariane a rencontré Dionysos et qu'elle est devenue sa femme.

Où se trouve l'île de Dia ?

Dans la mer Égée. Elle fait partie de l'archipel des Cyclades et porte aujourd'hui le nom de Naxos.

Que signifie l'expression « fil d'Ariane » ?

Fil conducteur ou fil que l'on utilise pour se guider.
Cette expression fait référence au fil qu'Ariane a donné à Thésée pour lui permettre de retrouver son chemin dans le Labyrinthe. Elle est aujourd'hui entrée dans le langage courant.

Qui est Dédale ?

Un inventeur génial.
Dédale était athénien, mais il avait dû quitter Athènes pour avoir assassiné son neveu. Il s'est réfugié en Crète, auprès de Minos. On lui doit de nombreuses inventions, comme la colle ou les mâts et les voiles des navires. Il aurait aussi édifié des temples. Et il est l'inventeur du Labyrinthe, si complexe que lui-même aurait été incapable d'en sortir...

TABLE DES MATIÈRES